LA GRANDE IMAGERIE STAR WARS

STAR WARS

DARK VADOR

Conception
Jacques Beaumont

Texte
Sabine Boccador

FLEURUS

FLEURUS ÉDITIONS, 15-27, rue Moussorgski, 75018 PARIS
www.fleuruseditions.com
www.starwars.com

L'ENFANCE D'ANAKIN

Dark Vador est l'un des personnages principaux de la saga *Star Wars*. C'est aussi l'un des plus complexes, car il est constamment partagé entre le Bien et le Mal. Avant de devenir Chevalier Jedi, puis Seigneur Sith sous le nom de Dark Vador, Anakin Skywalker grandit à Mos Espa, une cité de la planète désertique Tatooine. Lui et sa mère, Shmi, sont les esclaves du ferrailleur Watto, mais Anakin rêve de gagner sa liberté. Le hasard fait bien les choses puisqu'il l'amène à croiser la route du Maître Jedi Qui-Gon Jinn.

Anakin esclave

Depuis l'âge de trois ans, Anakin vit chez le marchand de ferraille Watto, à Mos Espa, et doit travailler dur pour lui. À neuf ans, il en connaît plus en matière de technique et de pilotage de vaisseaux que tous les enfants de son âge. Anakin a fabriqué pour sa mère un droïde, prénommé C-3PO, afin de l'aider dans ses tâches quotidiennes. Mais son robot ne possède pas encore d'armature.

Shmi Skywalker

Shmi Skywalker a toujours prétendu qu'Anakin n'avait pas de père et qu'elle avait mis au monde et élevé seule le garçon. En dépit de sa condition d'esclave, elle n'a jamais perdu l'énergie de vivre. C'est une mère attentionnée, aimante et intelligente.

Watto

Ce marchand de ferraille bourru, qui parle plusieurs langues, se déplace en volant. Il fait du commerce avec ceux qui le paient bien. Watto a cependant une faiblesse : il aime un peu trop le jeu et les paris, surtout ceux qui sont organisés lors des courses de modules, des engins qui volent au-dessus du sol à une vitesse folle.

Qui-Gon Jinn rencontre Anakin

Alors que les Jedi Qui-Gon Jinn et Obi-Wan Kenobi escortent Padmé Amidala, la reine de la planète Naboo, leur vaisseau tombe en panne. Ils sont donc contraints d'atterrir sur Tatooine. Pour trouver une pièce de rechange permettant de réparer le vaisseau, Qui-Gon se rend chez Watto. Là, il fait la connaissance d'Anakin. Sa surprise est de taille, car il sent que la Force est puissante chez l'enfant.

Sebulba, le concurrent d'Anakin

La course de modules

Watto a la pièce pour réparer le vaisseau, mais Qui-Gon ne peut pas la payer. Anakin lui révèle alors qu'il participe souvent à des courses de modules. Qui-Gon fait donc le pari suivant avec Watto : si Anakin gagne la prochaine course de Mos Espa, Watto lui fera cadeau de la pièce de rechange et rendra sa liberté à l'enfant. Si Anakin perd, Watto s'appropriera le vaisseau des Jedi. Anakin se lance courageusement dans la course à bord de son module. Sebulba, son concurrent le plus sérieux, triche et cherche à piéger les participants. Mais Anakin franchit seul la ligne d'arrivée ! L'enfant gagne sa liberté et suit Qui-Gon Jinn. Sa mère, Shmi, qui rêve d'un bel avenir pour son fils, accepte de se séparer de lui.

PADAWAN, PUIS CHEVALIER JEDI

Anakin est très heureux : le voici libre ! Sa vie va enfin prendre un tour différent. Il doit malheureusement renoncer à la présence de sa mère, qui n'a pu être libérée de son statut d'esclave. Convaincu que l'enfant est particulièrement sensible à la Force, Qui-Gon Jinn veut faire d'Anakin un valeureux Chevalier Jedi. D'abord Padawan, c'est-à-dire apprenti d'Obi-Wan Kenobi pendant dix ans, le jeune homme se voit ensuite élever au rang de Chevalier Jedi par le Grand Conseil Jedi, qui le récompense pour son engagement.

Héros du jour

Lors de la bataille de Naboo où Padmé Amidala, avec l'aide des Jedi et des Gungans (peuple de Naboo), tente de repousser les droïdes de combat de la Fédération du Commerce, le jeune Anakin se cache dans le cockpit d'un chasseur. Propulsé dans l'espace à bord du chasseur, le garçon prend part au combat. Peu après, il torpille le vaisseau amiral droïde, qui commande tous les droïdes de combat ! La planète Naboo est enfin libérée et Anakin est le héros du jour.

Devant le Grand Conseil Jedi

Qui-Gon présente Anakin devant le Grand Conseil Jedi, car il est convaincu que le garçon est l'Élu, dont la prophétie Jedi dit qu'il rétablira l'équilibre dans la Force. Qui-Gon veut donc le former. Les membres du Conseil constatent en effet la grande sensibilité à la Force de l'enfant. Toutefois, d'après Maître Yoda, qui dirige le Grand Conseil, Anakin est déjà trop âgé pour suivre une formation de Jedi et la peur est très présente en lui. Qui-Gon n'accepte pas cette décision.

Padawan d'Obi-Wan Kenobi

À la mort de Qui-Gon Jinn, tué par le Sith Dark Maul sur la planète Naboo (p. 10), Obi-Wan, promu au rang de Chevalier Jedi, honore la promesse qu'il a faite à son maître de former Anakin. Pendant dix ans, le garçon fait son apprentissage en tant que Padawan. Obi-Wan lui inculque toutes les règles des Jedi, lui apprend à se comporter comme tel et tente de tempérer sa grande impatience et son audace.

Un courage à toute épreuve

Alors âgé de dix-neuf ans, Anakin est fait prisonnier avec Padmé Amidala et Obi-Wan sur la planète Géonosis par les Séparatistes, qui veulent renverser la République. Condamnés à mort, les trois amis sont livrés en pâture à des bêtes sauvages au beau milieu d'une arène ! Une fois de plus, Anakin fait preuve d'un courage étonnant. Il défend corps et âme ses amis et se bat pour sauver la République.

Chevalier Jedi

La bataille de Géonosis donne lieu à la Guerre des Clones, qui oppose pendant trois ans ceux qui défendent la République à ceux qui veulent l'anéantir (les Séparatistes). Là encore, Anakin, qui défend les valeurs de la République aux côtés des Jedi, se distingue par ses grandes qualités de combattant, son incroyable savoir-faire en matière de pilotage de vaisseaux et ses initiatives courageuses. Le Grand Conseil Jedi décide donc de l'élever au rang de Chevalier Jedi.

LES AMIS D'ANAKIN

Anakin Skywalker croise sur sa route des personnes qui vont jouer un rôle déterminant pour la suite de son existence. Alors qu'il n'est encore qu'un enfant, il fait la connaissance de Qui-Gon Jinn, qui parvient à le libérer de son statut d'esclave. Par la suite, c'est Obi-Wan Kenobi qui lui sert de maître et de mentor. Il remplace aussi le père que le garçon n'a jamais eu. Parmi les alliés précieux d'Anakin, il ne faut pas oublier les deux robots qui deviennent des amis inséparables : C-3PO et R2-D2.

Qui-Gon Jinn

Respecté pour sa sagesse et sa grande réceptivité à la Force, ce Maître Jedi a des opinions parfois un peu trop tranchées, ce qui l'empêche de siéger au Grand Conseil Jedi. Il forme son Padawan, Obi-Wan Kenobi, avec lequel il a une relation forte. Lorsqu'il rencontre le tout jeune Anakin sur la planète Tatooine, il ressent immédiatement l'immense potentiel de l'enfant. Qui-Gon combat le Seigneur Sith Dark Maul, auquel il échappe de justesse sur Tatooine, avant de tomber sous ses coups sur la planète Naboo.

Obi-Wan Kenobi

Hormis le fait qu'il forme Anakin après la mort de Qui-Gon Jinn, Obi-Wan se distingue par ses grandes qualités de combattant et de meneur d'hommes pendant la Guerre des Clones. Chevalier Jedi modèle, il respecte profondément les valeurs de l'Ordre Jedi. Il est à la fois le maître et le meilleur ami d'Anakin.

R2-D2

Ce droïde est capable de réparer les vaisseaux endommagés. En réalité, R2-D2 semble apte à sortir son maître, Anakin, et ses alliés de toutes les difficultés. Il est équipé de nombreux gadgets et ne s'exprime que par des bips et des sifflements. Particulièrement astucieux et débrouillard, ce petit robot n'a pas froid aux yeux. Lorsqu'il a une idée en tête, il va jusqu'au bout, quitte à prendre des risques, même si son trop craintif coéquipier, C-3PO, tente à chaque fois de l'en empêcher.

C-3PO

Capable de maîtriser plus de six millions de formes de langage, ce droïde est la création de l'ingénieux petit Anakin. À l'origine, C-3PO était censé aider Shmi dans ses tâches quotidiennes, mais il n'est pas très doué pour le ménage. En réalité, il est spécialisé dans l'art de la traduction, ce qui lui permet de traduire parfaitement les propos de son comparse et ami R2-D2. S'il est très bavard, C-3PO n'est pas très courageux dans les situations critiques. Plus tard, il suit Anakin et Padmé Amidala dans toutes leurs aventures.

LES FAIBLESSES D'ANAKIN

Selon leur Code, les Jedi doivent contrôler leurs émotions et ne pas se laisser aveugler par l'amour, la colère ou la haine. Ils sont censés renoncer aux possessions matérielles et aux attaches sentimentales. Les Jedi n'ont donc pas le droit de se marier. Ainsi que Maître Yoda l'a toujours pressenti, Anakin a du mal à respecter ces règles. Il est impulsif et arrogant, conteste facilement l'autorité et se laisse guider par ses sentiments : il tombe amoureux de Padmé Amidala et se venge de la mort de sa mère.

Des mises au point

De manière générale, Anakin a beaucoup de mal à obéir aux ordres qu'on lui donne. Il a tendance à n'en faire qu'à sa tête, à suivre sa propre intuition, si bien que des mises au point sont régulièrement nécessaires. Obi-Wan tente de tempérer ses ardeurs et son arrogance et doit parfois faire preuve d'autorité avec lui.

Amoureux de Padmé

Dix ans après leur rencontre sur Tatooine, Anakin et Padmé Amidala sont de nouveau mis en présence. Pour Anakin, c'est le coup de foudre. Condamnés à mort sur la planète Géonosis et croyant leur dernière heure venue, ils s'avouent mutuellement leur amour. Peu après, ils se marient sur Naboo en grand secret. Padmé lui annonce par la suite qu'elle est enceinte. Dès lors, Anakin ne cesse de faire des cauchemars dans lesquels il voit sa femme mourir en mettant son enfant au monde. Dévoré par ses angoisses, le jeune homme se sent prêt à tout pour protéger Padmé.

La mort de Shmi Skywalker

Un jour, Anakin a une vision de sa mère, Shmi, qui semble l'appeler au secours. Il se rend avec Padmé sur Tatooine, où il découvre que sa mère, mariée à un fermier, vient d'être enlevée par les redoutables Hommes des Sables. Le jeune Jedi part aussitôt à sa recherche, mais il arrive trop tard. Sa mère meurt dans ses bras. Fou de colère, et donc incapable de se conformer au Code Jedi, Anakin se venge en tuant sauvagement les Hommes des Sables, leurs femmes et leurs enfants.

En conflit avec ses maîtres

Pour couronner les succès d'Anakin pendant la Guerre des Clones et parce que le chancelier Palpatine (p. 14) veut en faire son émissaire, les membres du Grand Conseil Jedi acceptent que le jeune Chevalier Jedi siège parmi eux, mais ils lui refusent le rang de Maître Jedi. Anakin est furieux. Avec Mace Windu notamment, un Maître Jedi d'une grande droiture, qui a du mal à supporter les écarts de conduite d'Anakin, la relation est tendue.

LA NAISSANCE DE DARK VADOR

Anakin est fragilisé. Il est dévoré par la peur de perdre son épouse, Padmé, après avoir vu sa mère mourir. Il est également habité par la colère parce qu'il a l'impression que le Grand Conseil Jedi ne lui accorde pas son entière confiance. Le chancelier Palpatine, alias Dark Sidious, qui exerce une grande influence sur Anakin, profite de la situation. Il a repéré depuis longtemps l'immense sensibilité à la Force du Chevalier Jedi et veut le rallier à sa cause. Manipulateur-né, il sait comment tirer profit de ses faiblesses.

Sous influence

Anakin se rapproche du chancelier Palpatine, qui le valorise. Il lui confie les visions qu'il a de la mort de Padmé. Palpatine assure alors au jeune Jedi que celui-ci parviendra à sauver son épouse s'il accepte de se tourner vers le côté obscur de la Force. Anakin comprend soudain avec stupeur que Palpatine est le Seigneur Sith recherché par les Jedi. Il s'apprête à le tuer, mais la peur de perdre Padmé est la plus forte. Il décide donc de le dénoncer aux Jedi.

Dark Sidious se dévoile

Apprenant la nouvelle, le Maître Jedi Mace Windu se rend chez Palpatine. Un duel a lieu entre les deux hommes. Mace Windu désarme son adversaire, qui riposte avec des éclairs de Force. Alors que le Jedi est sur le point de battre le Sith, Anakin fait brutalement irruption dans le bureau du chancelier. Palpatine, devenu Dark Sidious, le supplie de lui venir en aide. Tout bascule très vite dans la tête du jeune homme, qui choisit de défendre le Sith en tranchant la main de Windu. Aussitôt, Dark Sidious terrasse Mace Windu et le projette par la fenêtre.

Anakin devient Dark Vador

Surpris par ses propres actes, Anakin tombe à genoux devant le Seigneur Sith. Dark Sidious lui propose de devenir son apprenti afin de pouvoir protéger Padmé. Se laissant convaincre, Anakin se tourne vers le côté obscur de la Force. Dark Sidious lui donne alors le nom Sith de Dark Vador. Il lui ordonne d'assassiner les jeunes novices qui se trouvent dans le temple Jedi, puis d'éliminer les chefs séparatistes qui sont réunis sur la planète de lave Mustafar.

Le duel avec Obi-Wan

Peu après, Dark Vador voit Padmé et Obi-Wan venir à sa rencontre sur Mustafar. Fou de rage parce qu'il pense que Padmé a pris le parti des Jedi contre lui, Vador tente de l'étrangler à distance. Puis il se lance dans un terrifiant duel avec Obi-Wan, qui cherche à l'arrêter. En bon Jedi, Obi-Wan se bat avec maîtrise, tandis que Dark Vador, convaincu de sa supériorité, se laisse guider par sa haine féroce. Au terme d'un combat épique, Obi-Wan parvient à mutiler Vador, qui s'effondre dans la lave brûlante.

Un nouveau visage

Sauvé de justesse par Dark Sidious, Dark Vador est condamné à porter une armure noire qui lui donne une allure effrayante. Il devient le bras droit de Dark Sidious, qui s'autoproclame Empereur de la galaxie. Cachée par les Jedi, Padmé meurt après avoir mis au monde des jumeaux, Luke et Leia.

ARMURE ET POUVOIRS DE DARK VADOR

Dark Vador, le Seigneur Sith qui seconde fidèlement l'Empereur, Dark Sidious, est revêtu d'une armure noire qui lui sert d'équipement de survie. Ce sinistre personnage impressionne tous ceux qui l'approchent de près ou de loin et sème la terreur. Mesurant 2 m de haut dans son armure, Vador possède une grande force physique, mais il maîtrise également parfaitement la plupart des pouvoirs du côté obscur de la Force. Il est d'ailleurs devenu l'apprenti de Dark Sidious parce qu'il est avant tout extrêmement sensible à la Force.

Un équipement de survie

Le casque et l'armure sont un véritable équipement de survie, qui contrôle la respiration, le pouls et l'activité nerveuse du cerveau de Vador. Munie d'un système de chauffage intégré, l'armure permet au Seigneur Sith de supporter les températures les plus froides. Elle résiste aussi aux tirs de projectiles. Le casque contient notamment un microphone qui modifie la voix de Dark Vador.

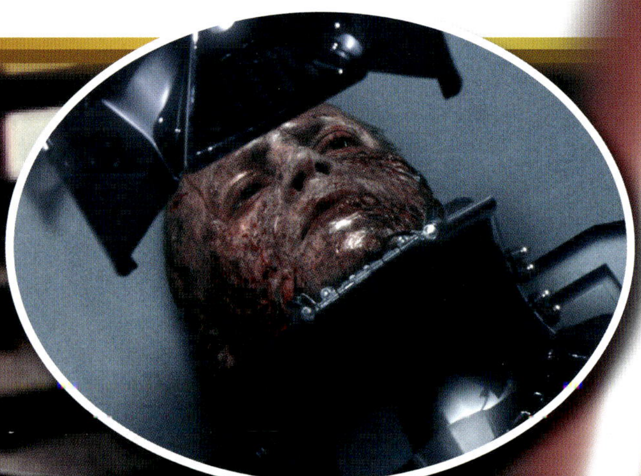

L'armure de Dark Vador

Après le terrible duel avec Obi-Wan Kenobi, le corps de Dark Vador a été presque totalement détruit par la lave. Dark Sidious est arrivé à temps pour sauver son nouvel apprenti et l'a remis entre les mains de droïdes médicaux qui ont soigné ses blessures et lui ont fabriqué des bras et des jambes mécaniques. Ils ont ensuite enfermé le corps du Sith dans une armure noire en duracier, solide et résistante, conçue par Dark Sidious.

Dark Vador est soigné par des droïdes médicaux.

Une force surhumaine

Animé par la haine, la colère et la soif de pouvoir propres aux Sith, Dark Vador dirige ses hommes d'une poigne de fer. Quiconque se met en travers de sa route est condamné à une mort douloureuse. Sa force est telle qu'il peut soulever un homme d'une seule main et l'étrangler à l'aide de ses doigts d'acier. C'est le sort qu'il réserve à l'officier Rebelle qu'il interroge sur le vaisseau de la princesse Leia dans l'épisode *Un nouvel espoir*.

L'étranglement à distance

À plusieurs reprises, Dark Vador étrangle à distance les officiers impériaux qui n'obéissent pas à ses ordres ou commettent des erreurs. C'est ce qu'il fait notamment avec l'amiral Motti qui, lors d'une réunion au sommet, se moque ouvertement de la Force et de ses prétendus pouvoirs. Dark Vador réagit aussitôt en étranglant l'amiral à distance avant de relâcher son emprise.

Une pensée puissante

Rien que par la pensée, Dark Vador peut déplacer et lancer des objets sans les toucher. Il est également capable d'identifier les personnes sensibles à la Force. Il peut alors leur envoyer des messages télépathiques et deviner ce qu'elles pensent.

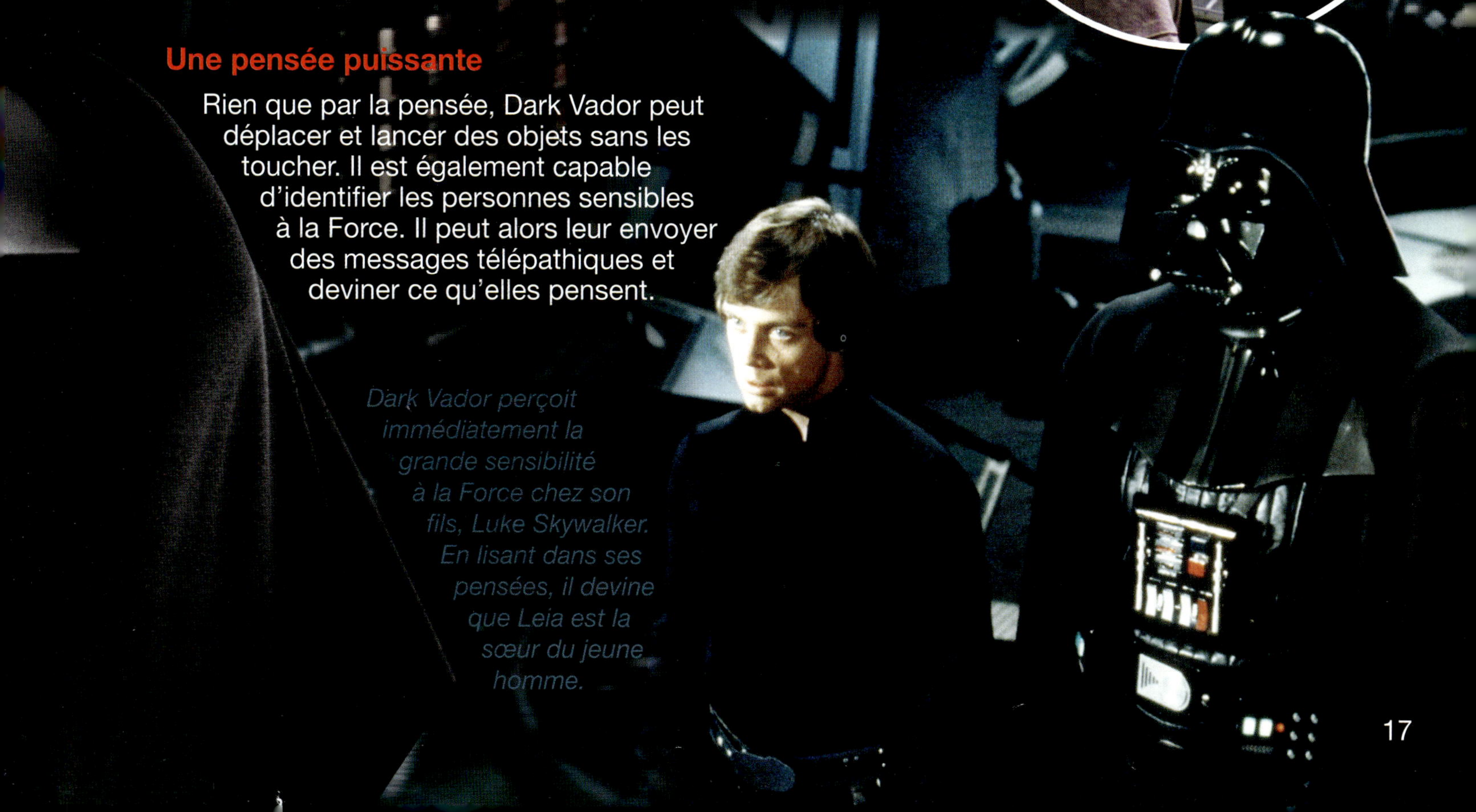

Dark Vador perçoit immédiatement la grande sensibilité à la Force chez son fils, Luke Skywalker. En lisant dans ses pensées, il devine que Leia est la sœur du jeune homme.

LES ARMES DE DARK VADOR

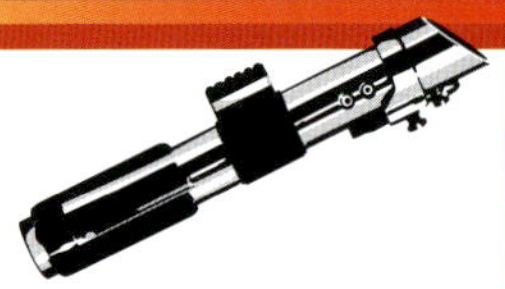

Dark Vador dispose d'armes très puissantes pour combattre ses ennemis. Difficile de l'imaginer sans son redoutable sabre laser, qu'il manie avec une incroyable dextérité et à l'aide duquel il domine largement tous ses adversaires. Pilote de chasseur stellaire accompli, il sait mieux que quiconque diriger les vaisseaux impériaux très performants. De plus, pour le compte de l'Empereur, il dirige la construction de la seconde Étoile Noire, la station spatiale de combat la plus redoutable de la galaxie.

Le sabre laser

Le sabre laser en alliage noir de Dark Vador possède une poignée plus large que la normale. Elle s'adapte ainsi idéalement à la grande main mécanique de son propriétaire. Ce sabre émet une couleur rougeâtre, qui est la couleur des sabres laser des Seigneurs Sith. Dark Vador est quasi imbattable en duel. De plus, d'un simple geste de sa main gantée, il est capable de dévier les tirs des projectiles.

Le chasseur TIE-X1 Avancé

Conçu et piloté par Dark Vador, ce chasseur TIE peut parcourir de longues distances. Ses ailes courbées sont recouvertes de panneaux énergétiques. Contrairement aux autres chasseurs TIE de l'Empire, cet appareil est équipé d'un bouclier de protection qui le rend quasi invulnérable. Il est armé de deux canons laser jumelés et d'un lance-missiles. Dark Vador le manœuvre notamment lors de la bataille de Yavin, lorsque les Rebelles parviennent à détruire la première Étoile Noire.

L'Executor

Ce super destroyer stellaire est le vaisseau amiral personnel de Dark Vador qui dirige toute la flotte impériale. Sa taille gigantesque (19 km) lui permet d'accueillir plusieurs centaines de milliers d'hommes, de nombreux chasseurs TIE et engins de combat. Ce bâtiment de guerre possède une grande force de destruction. L'*Executor* abrite aussi une chambre de méditation qui libère un gaz médicamenteux permettant à Dark Vador de respirer sans l'aide de son casque. Grâce à un système d'holoprojecteur, le Seigneur Vador peut donner ses ordres sans avoir à se déplacer.

L'Étoile Noire

Capable d'anéantir en quelques secondes toute une planète, cette station spatiale de combat est l'arme la plus terrifiante de l'Empire. Mesurant 120 km de diamètre, la première Étoile Noire est détruite lors de la bataille de Yavin par l'Alliance Rebelle, dans *Un nouvel espoir*. Elle est plus petite que la seconde Étoile Noire, dont Dark Vador supervise la construction.

Véritable petite ville armée située dans l'espace, l'Étoile Noire abrite des milliers de chasseurs TIE et de véhicules terrestres, et plus d'un million d'hommes.

LES ALLIÉS DE DARK VADOR

Dark Vador n'est pas le seul à faire régner la terreur dans la galaxie. L'Empire est une machine implacable, dont les rouages doivent permettre de réprimer toute forme de résistance. L'Empereur Sith, Dark Sidious, a fait de Dark Vador son second et son plus puissant allié. Dark Vador est entouré d'officiers haut gradés aux responsabilités importantes, que lui-même doit superviser. Les stormtroopers, redoutables soldats impériaux, assurent sa sécurité et contribuent à asseoir son pouvoir et celui de l'Empereur.

L'Empereur Dark Sidious

Au début de la saga *Star Wars*, Dark Sidious est la face cachée et maléfique du chancelier Palpatine. Animé par la haine et le côté obscur de la Force, il manipule les uns et les autres pour déclencher la guerre. À la fin de *La Revanche des Sith*, il fonde le terrible Empire galactique et fait de Dark Vador son nouvel apprenti, son bras armé. Vador l'appelle « Maître » et se plie entièrement à sa volonté.

Les généraux et amiraux de l'Empire

Dark Vador est entouré d'officiers haut gradés qui reçoivent leurs ordres de l'Empereur, mais que lui-même doit superviser. Ce sont souvent des individus cruels et sans pitié. Le sanguinaire Grand Moff Tarkin est le commandant en chef de l'Étoile Noire. Fin stratège, le général Veers écrase les Rebelles lors de la bataille de Hoth (p. 25). Toutefois, Dark Vador n'hésite pas à exécuter ses amiraux lorsqu'ils commettent des erreurs.

Le Grand Moff Tarkin

Les stormtroopers

Ces soldats très entraînés font partie de la puissante armée impériale créée par Dark Sidious. Constituant l'élite des soldats impériaux, ils sont formés pour massacrer toute forme de résistance. Ils obéissent aux ordres de l'Empereur, mais aussi de Dark Vador. Leur nombre s'élève à des dizaines de millions dans toute la galaxie. Leur combinaison noire est recouverte d'une armure blindée blanche et leur casque est multifonction. Ils sont toujours armés.

Au premier plan, Boba Fett, qui porte un casque, est l'un des chasseurs de primes les plus redoutables. Il marche sur les traces de son père, Jango Fett.

Les chasseurs de primes

Dark Vador fait aussi appel à des chasseurs de primes, des individus sans foi ni loi, qui sont prêts à remplir n'importe quelle mission à condition d'être payés grassement. Le Seigneur Sith entre en contact avec plusieurs d'entre eux et leur ordonne de capturer les Rebelles.

LES ENNEMIS DE DARK VADOR

Après que Dark Vador, sur les ordres de l'Empereur, a exterminé presque tous les Jedi à la fin de la Guerre des Clones, Obi-Wan Kenobi et Maître Yoda, les seuls Jedi survivants, vont se cacher, l'un sur Tatooine et l'autre sur Dagobah. Ils attendent le moment de pouvoir détruire l'Empire et sont devenus les ennemis secrets de Dark Vador. L'histoire de la galaxie prend un tour différent lorsque les enfants d'Anakin et de Padmé, Luke et Leia, rentrent dans la résistance en rejoignant l'Alliance Rebelle.

Le vieux Ben

Caché sur Tatooine, Obi-Wan Kenobi vit en ermite et se fait appeler le vieux Ben. Il veille discrètement sur Luke Skywalker, le fils de Padmé et d'Anakin, qu'il a confié à l'oncle de l'enfant. Dix-neuf ans plus tard, il entreprend de former le jeune homme et lui propose de rejoindre l'Alliance Rebelle avec lui. Il le met en garde contre Dark Vador auquel il se confrontera lui-même dans un ultime combat.

Maître Yoda

L'ancien dirigeant du Grand Conseil Jedi se réfugie sur la planète marécageuse Dagobah. Yoda est très âgé et sa vie touche à sa fin. Sur les conseils d'Obi-Wan, Luke vient le trouver pour lui demander de le former. Yoda l'entraîne alors sans ménagement. Il lui explique qu'il devra un jour affronter Dark Vador et l'incite à la prudence. En effet, Yoda est le seul à avoir pressenti le danger réel qu'Anakin, dès son plus jeune âge, représentait pour la galaxie.

La princesse Leia

Leia, la sœur jumelle de Luke, grandit sur la planète Aldérande, élevée par son père adoptif, Bail Organa, l'un des fondateurs de l'Alliance Rebelle. Dix-neuf ans plus tard, alors qu'elle cherche à joindre Obi-Wan Kenobi, Leia est capturée par Dark Vador. Par la suite, elle devient l'une des grandes héroïnes de l'Alliance Rebelle.

Luke Skywalker

Confié à son oncle et à sa tante, Luke grandit sur Tatooine dans l'ignorance complète de ses origines. Sa vie bascule lorsqu'il fait la rencontre d'Obi-Wan, avec qui il rejoint l'Alliance Rebelle. Pilote hors pair, Luke parvient à détruire la première Étoile Noire. Après avoir suivi une formation de Jedi avec Maître Yoda, il se confronte à Dark Vador et découvre que celui-ci est son père.

L'Alliance Rebelle

Alors que l'Empire impose sa dictature, un petit groupe de personnes se rassemble pour résister en créant l'Alliance Rebelle. Dark Vador organise une traque acharnée à travers la galaxie afin de trouver les bases où se réunissent les Rebelles, car il veut tous les anéantir. Fondée par Mon Mothma et Bail Organa, l'Alliance Rebelle voit de nouveaux alliés, tels l'amiral Ackbar, Han Solo, Lando Calrissian, Luke et Leia, grossir ses rangs. Son objectif est de renverser l'Empire et de détruire l'Étoile Noire.

LES VICTOIRES DE DARK VADOR

Dark Vador peut se targuer d'avoir remporté plusieurs victoires sur ses ennemis. Lors de son tout premier défi, qui lui permet de prouver à son maître, Dark Sidious, qu'il est un Sith digne de ce nom, il assassine de sang-froid les jeunes novices qui se trouvent dans le temple Jedi. Par la suite, il n'a de cesse de vouloir piéger les Rebelles afin de les exterminer. Il va donc marquer des points importants, d'abord en s'opposant à Obi-Wan Kenobi, puis à son propre fils, le jeune Luke Skywalker.

Le duel avec Obi-Wan Kenobi

Dans *Un nouvel espoir*, Obi-Wan décide d'affronter Dark Vador dans un ultime duel pour laisser le temps à ses amis, Luke, Han Solo et Leia, de s'échapper de l'Étoile Noire, où ils sont retenus prisonniers. Pour Vador, c'est l'occasion rêvée de se venger de son vieil ennemi ! Alors qu'Obi-Wan cesse le combat, Dark Vador le terrasse. À la grande surprise du Sith, le corps d'Obi-Wan disparaît. Seul son vêtement tombe sur le sol ! En réalité, Obi-Wan se fond dans la Force. Par la suite, il apparaît à Luke pour le conseiller.

La purge des Jedi

Au moment où Anakin devient Dark Vador, Dark Sidious lui ordonne d'anéantir tous les Jedi (jeunes novices et professeurs) qui se trouvent dans le temple Jedi. Dark Vador s'exécute. Ce combat inégal où le Mal domine absolument face au Bien constitue la première victoire de Dark Vador. Peu après, il se rend sur la planète de lave Mustafar pour assassiner les Séparatistes.

Les quadripodes impériaux

La bataille de Hoth

Dans *L'Empire contre-attaque*, Dark Vador parvient grâce à ses droïdes sondes à localiser le repaire des Rebelles. Ceux-ci viennent juste de fonder la base Echo sur Hoth, la planète de glace. Un combat s'engage entre les quadripodes impériaux (des machines de guerre) et les Rebelles, qui sont contraints de battre en retraite.
Au moment où Dark Vador pénètre dans la base, les derniers Rebelles s'enfuient. C'est une semi-victoire pour le Seigneur Sith, qui aurait bien aimé pouvoir les capturer.

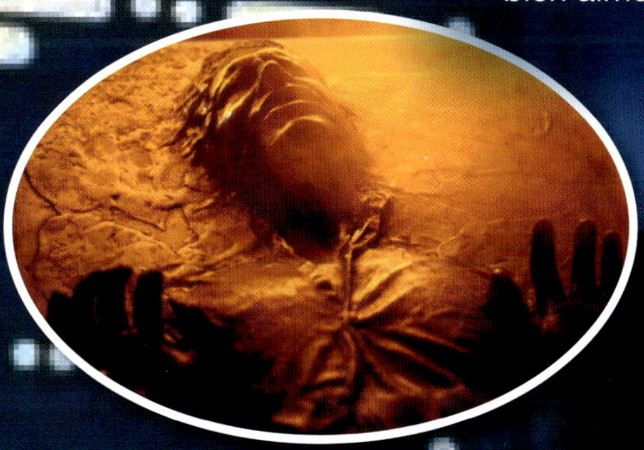

Han Solo est victime de Dark Vador, qui le fait congeler dans de la carbonite.

Piège sur la Cité des Nuages

Dans *L'Empire contre-attaque*, pour attirer son fils, Luke, dans ses filets, Dark Vador piège Han Solo et la princesse Leia sur la Cité des Nuages. Il fait congeler Han Solo dans de la carbonite, capture Leia et attend Luke, qui vole au secours de ses amis. Un combat au sabre laser s'engage entre le jeune Jedi et le Sith au terme duquel Vador tranche la main de Luke.
Il lui demande alors de s'associer avec lui ! Puis il lui fait une incroyable révélation : « Je suis ton père. » Terrifié, Luke lâche prise et se laisse tomber dans le vide, mais il est sauvé de justesse par ses amis.

LA RENAISSANCE D'ANAKIN

Pendant que ses amis se rendent sur la lune forestière d'Endor pour préparer l'attaque de la seconde Étoile Noire, Luke Skywalker retourne sur Dagobah afin de terminer sa formation auprès de Yoda. Mais le Maître Jedi est à l'agonie. Avant de mourir, il apprend au jeune homme qu'il existe un autre membre de la famille Skywalker. Luke est perplexe. Peu après, l'esprit d'Obi-Wan Kenobi se manifeste. Il révèle à Luke que Leia est sa sœur et l'incite à affronter une nouvelle fois son père, Dark Vador.

La demande du fils

Dark Vador vient à la rencontre de son fils. Luke s'adresse alors à lui en l'appelant Anakin Skywalker et lui demande d'abandonner sa colère et sa haine. Dark Vador lui répond qu'il doit obéissance à l'Empereur, Dark Sidious, puis il fait incarcérer son fils sur l'Étoile Noire.

Confrontation avec le père

À bord de l'Étoile Noire, l'Empereur provoque Luke afin de l'attirer vers le côté obscur de la Force. Sous l'emprise d'émotions négatives, le jeune Jedi s'empare de son sabre laser et attaque son père, puis il se reprend. Mais Dark Vador lit en lui et perçoit que Leia est la sœur de Luke. Comme Vador menace de s'en prendre à elle, Luke relance l'attaque et tranche la main de son père.

Face à ses responsabilités

Luke rejoint ses amis. Il révèle à Leia qu'elle est sa sœur et la fille de Dark Vador. Mais Luke est troublé. À travers la Force, il perçoit la présence de Dark Vador et il sait que c'est réciproque. Il décide alors de se constituer prisonnier et de rencontrer son père afin de le persuader de se détourner du côté obscur de la Force.

Luke sauve son père

Dark Sidious jubile et ordonne à Luke de tuer son père afin de prendre sa place. S'il ne le fait pas, il mourra. Le jeune Jedi refuse. Furieux, l'Empereur le foudroie avec des éclairs de Force. C'est alors que la personnalité du Jedi Anakin renaît chez Dark Vador. Ayant donné toute sa vie à l'Empereur, il refuse que celui-ci tue son fils. Surmontant ses blessures, il empoigne l'Empereur et le précipite dans le puits de l'Étoile Noire.

La mort de Dark Vador

Blessé, Dark Vador agonise. Luke veut l'aider, mais son père le remercie pour ce qu'il a fait et lui demande de lui ôter son casque afin qu'il puisse le voir de ses propres yeux. Dark Vador n'est plus. Luke quitte l'Étoile Noire et va brûler l'armure de son père sur la lune forestière d'Endor afin de lui rendre un dernier hommage Jedi.

La fin de l'Empire

Pendant ce temps, la flotte des Rebelles parvient à faire exploser l'Étoile Noire. Les héros célèbrent la victoire. Luke voit alors les esprits de Yoda et d'Obi-Wan Kenobi se matérialiser aux côtés de celui de son père, redevenu le Jedi Anakin Skywalker.

TABLE DES MATIÈRES